Johannes Staus

Die Rückkehr
des Ersten Sohnes

Bibliografische Information der Deutschen Nationalbibliothek

Die Deutsche Nationalbibliothek verzeichnet diese Publikation in der Deutschen Nationalbibliografie; detaillierte bibliografische Daten sind im Internet über http://dnb.d-nb.de abrufbar.

Impressum:

© 2009 Johannes Staus
Herstellung und Verlag:
BoD Dooks on Demand GmbH, Norderstedt
ISBN 978-3-8370-9408-4

Johannes Staus

Die Rückkehr des Ersten Sohnes

www.die-rueckkehr.com

Aiyool stand auf der birkenumsäumten
Anhöhe, auf der von kleinauf manche Stunde
er zugebracht hatte. Zunächst im Spiel, dann
zur Saat und Ernte und später auch zur Rast
und Muße.
Vor ihm in der Senke lag Urbia, die Stadt
seiner Heimat, die Stadt seiner Geburt.
Wohl bekannt war ihm der Anblick über die
Niederung, kein Wipfel, der nicht seit jeher
ihm geläufig, kein Dach, das fremd ihm war.
Und dennoch war es, als blickte er das erste
Mal über Hügel und Tal.

Vertraut war alles und erschien doch zugleich
neu, einzigartig und durchdrungen von
liebender Lebendigkeit.
Erfüllt von Frieden und Schönheit lag Urbia
vor ihm, lag die Welt vor ihm.

War es wahrhaft die Stadt, auf die so oft schon er geschaut hatte?

War immer schon friedlich und schön sie gewesen?

Und Frieden war nun auch in ihm. Oder war es erst sein Frieden, der ihn die Stadt, die Welt als friedlich schauen ließ?

Wie lange war er fort gewesen?

Wann hatte er zuletzt, hatte er überhaupt schon je hier gestanden und geblickt wie er nun blickte?

Wie Erinnerungen an eine längst vergangene Reise stiegen Bilder des Gewesenen fern und blass in ihm auf.

Es waren Bilder einer Flucht, seiner Flucht, fort gegangen nämlich war er, der Stadt und ihres Treibens, der Welt und des Lebens überdrüssig, voll brennender Qual und dringlichster Suche.

Denn die Welt war Schwere, war Makel, war Zwang, war Gefängnis, war Kampf, war Verderb, war Fron, war Tod ihm gewesen, und war ein Funken Verheißung aufgeflackert, so doch nur, um bald darauf höhnisch zu verglimmen, und mit jedem Erlöschen war größer gebrannt das Loch in die Hoffnung, die weniger und weniger ihn zu speisen vermochte, und je mehr das Loch auswuchs, desto bitterer wurde seine flehende Verzweiflung.

Jede Freud, die mühselig der Welt er abrang, war schal und fad ihm geworden, nicht lange nachdem ihre Süße er gekostet hatte.

Was immer Ruhversprechendes auch er umklammert hatte, es war zerronnen und zergangen und hatte als flüchtig und bestandslos sich gezeigt.

Glück und Leiden, Verlangen und Bekommen, Wollen und Haben, beides bloß nur erbarmungslose, jedwede Dauer, jedweden

Frieden unerbittlich durchtrennende Schnei-
den derselben kalten Klinge.

Und aus diesem Rad von Sehnen und
Enttäuschung war die Frage des Warum
erwachsen. Mit jeder Umdrehung des Rades,
mit jedem Atemzug war drängender das
Fragen geworden.

Jegliches Mittel hatte er angewandt, jeden Weg
bemüht, der Leere und dem Fragen abzu-
helfen.

Er war in der Wirtschaft gewesen, hatte seine
Sinne beim Weine betäubt und seinen Magen,
seinen Hunger mit den üppigsten, köstlichsten
Speisen zu stillen gesucht, hatte geschlungen,
gevöllt, bis er erbrach.

Das Erbrechen hatte ihn entsagen lassen, er
hatte seinem Leibe Nahrung verwehrt, den
Hunger auszuhungern und seine Sinne zu
bezwingen.

Auch gelehrig war er gewesen, hatte in der
Aneignung von Wissen auf Heil und Zuflucht

und Ergründung des Warum gehofft, voll
eifriger Neugier, voller Durst, doch alles
Wissen, das er aufnahm, es hatte mehr und
mehr ihn beschwert und statt wissend
unwissender ihn gemacht.

Voller und voller wurde sein Geist, schwerer
und schwerer sein Kopf, doch statt in klärende
Erkenntnis durch seine Studien sich zu
verwandeln, nur dichter und undurch-
dringlicher war geworden das Dickicht der
Gelehrsamkeit.

Er hatte nach Regeln gelebt, hatte sie sich zu
eigen gemacht, sie peinlichst gewahrt, hatte sie
verworfen und mit Inbrunst von sich
gestoßen, hatte im Gleichen sie übertreten und
gebrochen wie zuvor sie geheiligt er hatte.

Nichts hatte Ruhe, hatte Frieden ihm
verschafft, das Warum war unerklärt geblieben
und immer stärker und stärker nagte das
Fragen in ihm. Mehr noch also war seine
Verzweiflung gewachsen mit jedem Versuch,
jedem Scheitern. Trost ward ihm genommen

statt gegeben mit jedem Anlauf, dem er sich verschrieb. Nichts hatte durchbrochen den Kreis, sondern tiefer und tiefer verstrickt hatte jedes erstrebte Entkommen ihn, denn mit jedem weiteren Streben hatte glücklos auch eine weitere Antwort sich verbraucht.

Und in diesen Gipfel der Not hinein hatte es angestanden, dass er das Erbe des Vaters hatte antreten sollen.

Was vielen Anlass zur Freude und auskömmlicher Erwerb gewesen wäre, für Aiyool war es endgültiger Verschluss seines geißelndes Verlieses, ein weiteres Mehr an Pflichten, ein Mehr an Ketten, die ohnehin schon eng um seinen Hals gezogene Schlinge würde nun auch ersticken sein letztes Röcheln.

Weg, nur weg, weiter noch als weit, wollte er, musste er, ausbrechen, entrinnen diesem quälenden Kerker des vergänglichen Seins.

Keine Stunde länger hatte bleiben er können, darum nur das Allernötigste hatte zusammen er gesammelt, ein zweites Wams zu dem, das er am Leibe trug, einen Krug und ein wenig Speisen steckte er in einen ledernen Beutel ein, denn auch ohne Gepäck trug an schwerer Bürde er genug. Zu viel Leid drückte ihn nieder, zu viel Elend lastete auf ihm.

Rasch hatte sein knappes Pack er beisammen, das Haus verlassen im Nu und schon hastete eilenden Fußes er durch die ihm seit Kindertagen heimischen Gassen.

Seine Füße trugen ihn, sein Herz drängte ihn, alles in ihm strebte in eine unbestimmte Ferne, von der nichts er wusste, außer dass besser und freier und edler in Allem sie hätte zu sein als sein jammervolles elendes Nun.

Manches bekannte Gesicht erblickte er, so manches vertraute Auge erkannte ihn, schien ihn aufhalten zu wollen, sah ihm nach, aber dies beschleunigte nur seine Schritte.

Richtung Osttor führte ihn sein Weg, hinaus aus der Stadt und bald schon bog er ein in die breiten, belebteren Straßen, auf denen

Ansässige mit Reisenden, Handelnden und Fremden sich mischten.

Erste Erleichterung verschaffte ihm die Vermengung mit Unbekanntem und ein wenig Druck wich von ihm.

Bald schon hatte das Stadttor er passiert und offene Landschaft tat sich vor ihm auf. Der geschäftige Trubel war in den Mauern der Stadt verblieben und vor Aiyool lagen Felder und Auen, Flüsse und Wiesen und sanft geschwungene Hügel erhoben sich vor seinem Blick.

Aber auch wenn Weite und Freiheit nun er vor sich hatte, sah er nicht zur Rast einladende Natur, vielmehr war alles ihm Hindernis, Aufgabe, welche zu überwinden es galt.

Etwas zerrte ihn ihm, trieb ihn, stärker und stärker, hinaus über das geöffnete Feld.

So zog er weiter, Stunde um Stunde, Tag um Tag. Nächtens legte er sich zum Schlafen, wo es sich fand.

Er mied die Menschen, mal schlief er in einem Schober, mal im Freien bei sternklarer Nacht.

Doch meist weilte sein Schlummer nur kurz, war seine Ruhe bloß von geringer Dauer.

Spätestens mit dem ersten schwachen Sonnenstrahl machte er sich auf, und hatte zunächst noch er sich gewaschen, so kümmerte sein Äußeres nun ihn nicht mehr.

Längst hatte Blasen er an den Füßen, er aß nur wenig und der Bart stach wild ihm aus dem Gesicht.

Die Welt war Niedergang, war Verwesung. Kein Hort war von Verlass, nichts war von Dauer, auf dass man sich daran halten konnte. Unstet war das Wesen der Dinge, hohles Versprechen bloß und unentwegter Zerfall.

Warum also sollte dem beschlossenen Verderben seines Körper er begegnen, Achtung sich schenken, wenn doch ohnehin der sichere Niedergang seiner harrte so wie aller Dinge Schicksal dieser war?

Abgestorben war jetzt schon sein Leib, wie alles an ihm einst sterben würde und Empfindung drang nur noch stumpf durch die Pforten seiner Sinne.

Und doch war tags darauf wieder früh er auf den Beinen gewesen, hierzu genügten seine Kräfte, und getrieben, gezogen, gedrängt eilte er, wenngleich noch immer ohne anderes Ziel als die Flucht, denn noch immer bestimmte das Fort und Davon seine Schritte, ohne dass ein Dort und Dahin er gekannt hätte.

Fuß vor Fuß setzte er, der Morgen verging und erst wurde der Hitze des Mittags er gewahr, als deren Sonne schon hoch am Himmel stand. Ihr Brennen zwang ihn zur Rast, denn mürbe und schwach war er geworden durch den weiten Marsch.

In karges, trockenes Gebiet war er gekommen,
der wenige Regen der letzten Zeit war bei
weitem nicht genug gewesen, den Boden zu
wässern und so waren Gras und Sträucher
verdorrt und der Ort zu einer Ödnis
geworden.

Er sah an sich herunter, fand rissig seine
Hände und keine Stelle an seinen wunden
Füßen, aus der nicht Blasen wuchsen.

Kaum noch Fleisch war zu entdecken unter
der fahlen Haut, bloß Sehne und Knochen und
Schwiele war übrig von ihm.

Ausgedörrt, verzehrt wie das Land um ihn war
er und nie hatte mehr einer Rast er bedurft
denn nun.

Was aber könnte in dieser sengenden Wüstenei
Schutz und Schatten ihm spenden?

Der Stumpf eines einzigen Baumes ragte gen
Himmel und seine spärlich verbliebenen
Zweige raschelten verloren im trockenen
Wind.

Nichts sonst versprach schattige Kühle und lindernde Auszeit und so lenkte Aiyool seine Schritte Richtung dieses Baumes und kaum, dass er ihn erreicht hatte, sank ermattet und entkräftet an dessen Stamme er darnieder.

Nun, da nicht mehr er lief, kehrte Empfinden zurück in seinen Leib und mahnte ihn quälend, dass dringend er Trank und Speise bedurfte.

Doch nur noch ein Schluck Wasser fand sich in dem Krug, den Aiyool bei sich führte, und ein letzter Apfel war seine einzig verbliebene Zehr.

Nicht genügen würde dies, ihn zu beleben, kaum einmal Einhalt gebieten seinem sicheren Siechen könnte der karge Vorrat und nichts anderes als nüchterne Erkenntnis verblieb ihm: „Nicht nur die Welt ist ohne Halt und ohne Dauer, auch ich selbst bin dem Tode fest versprochen. Unausweichlich mein düsteres Schicksal, nur die Endlichkeit ist von Bestand."

Warum nicht jetzt, warum nicht hier? Der Welten Lauf, ihr unbarmherziges Treiben bedurfte seiner nicht.

Was sollte er dem Ende Aufschub abringen? Vor dem Unentrinnbaren gab es kein Entkommen. Warum aufbäumen? Warum kämpfen? Warum mühen? Alles war Vergehen, war Vergänglichkeit, warum einem ungewissen, morschen Glück nachstreben?

Hier würde er enden und mit ihm sein Fliehen, sein Leid und sein Weh.

Bitteren Trost fand Aiyool in diesem Erkennen, einen letzten Triumph, denn siegreich fühlte er sich, als letzten Akt sich dieser hämischen Welt zu entreißen, die fest in ihren marternden Fängen ihn glaubte. Keinen Augenblick länger mehr würde er des höhnischen, kalten Schicksals unterworfener Spielball sein!

Auf diese, auf von ihm gewählte Weise der finsteren Bestimmung zu spotten, war abschließende Genugtuung und wie zur Krönung seiner kühnen Entschlossenheit wies Aiyool den letzten nährenden Vorrat von sich:

„Wasser und Apfel verschmähe ich, keines Henkersmahls bedarf ich. Was ist es anderes als Köder, hinauszudehnen mein darbendes Sein? Nein, dem falschen Handel der Welt bin lange genug ich aufgesessen. Keinen Deut länger verweile ich in ihren Klauen!"

Welche Verwendung aber dann könnten Wasser und Apfel finden? Verdienten nicht Besseres sie als Vergeudung?

Bis hierhin hatte er sie getragen und waren nicht treue Begleiter sie ihm gewesen, hatten seinen Weg geteilt und waren bei ihm gelegen in seinem Beutel bis in diese Dörre hinein, bis ans Ende seines Fliehens?

Dass er, Aiyool, umkommen würde, war besiegelt. Aber waren Wasser und Apfel nicht schuldlos an seinem Kampf und Schicksal?

Das Wasser, so rein, so klar, so labend, keinen Beitrag hatte es an seiner Flucht und ebenso der Apfel, auch er war Unschuld.

„Eine fruchtbarere Zukunft als die meine sollen sie haben," Aiyool beschloss also bei sich.

„Und mag bald auch ein Wolf meinen Leib reißen und die Würmer sich an mir gütlich tun, und nichts wird meiner mehr zeugen, so will ich doch hier den Apfel einpflanzen und seinen Samen mit dem letzten Schlucke meines Wassers zu einem Baume aufsprießen und gedeihen lassen, denn mich rettet der Tropfen nicht, mag er neuem Leben dienen."

Und Aiyool sammelte all übrig verbliebene Kraft um einzugraben die Frucht in die Erde.

Doch wie er ansetzte den Boden auszuheben, auf dass er hineingeben könnte den Apfel, da beschlichen Zweifel ihn:

„Woher aber will ich wissen, dass er zu dem Baume hoch erwächst, auf den ich sinne?

Möglich auch, dass ein Fink den Samen pickt, und so schon den Keim erstickt oder an anderer Stelle ihn von sich scheidet und dort ein Apfelpflänzlein sprießen lässt.

Oder werden einst auch nach mir andere an diesem Orte wandeln, und es wird hier ein ganzes Wäldchen stehen voller Bäume, das üppigen Schatten und Nahrung spendet denen, die nach mir kommen zur Rast?"

Verwundert war Aiyool, dass derlei Gespinste gerade nun ihm in den Sinn kamen, denn entrückt und unnütz schienen sie ihm, dem Ausgezehrten, an dieser Stelle. Aber es war Tatsächlichkeit in ihnen und er dachte bei sich: „Fürwahr, all dies Viele ist möglich aus dem Gegenwärtigen heraus und als solches in diesem kleinen Samen angelegt."

Also folgerte er und wog den Apfel bedächtig, andächtig sogar in seiner Hand: „Einen Schatz halte ich in meinen Fingern, wenn dergestalt ich auf ihn blicke."
So wäre der Samen nicht erst zur Vollkommenheit erwachsen, wenn zum prachtvollen Baume aufgeschossen er sei, nein, bereits Same, Keim und Pflänzlein waren schon vollkommen, denn waren diese Zustände nicht nur Name, Benennung für etwas Unbenennbares?
War das Wachsen nicht nur Gleichnis des Unvergleichlichen wie überhaupt aller Wandel Veranschaulichung des Unschaubaren war?

Dieserlei weiteres Überlegen befiel Aiyool, und rührte es auf sonderbar innige Weise auch Tiefe in ihm, so wähnte er doch es als Boten eines beginnenden hitzigen Wahns, denn was waren anders als entbehrlich und fruchtlos überreizte Gedanken wie diese einem Todgeweihten?

Er sah umher, suchte Festes, Vertrautes, Verlässliches zu erblicken, sich zu vergewissern, dass noch bei klarem Kopfe er sei.

Doch erspähte er auch hier einen Ast und dort einen Stein, links einen trockenen Strauch und rechts einen staubigen Acker, so waren ihm für den Moment sonderbar enthüllt und nah einander ihre Erscheinungen als wären nicht sie geschieden, sondern innig verbunden und als durchlässige Schleier nicht mehr als bloß leicht hervor gelöst eins vom andern.

Beständig flossen die Dinge ineinander, floss Stein in Acker und Acker in Strauch.

Was Form schien, war formlos, und jeder
Körper täuschte nur vor seine Begrenzung im
Raum.

Das leibliche Kleid konnte nicht mehr
verbergen den gemeinsamen Kern der Dinge
und offenbart waren sie als eins.

Aiyool rang um Besinnung. War fiebrige Umnachtung endgültig über ihn gekommen? Hatten Hunger und Hitze ihn der Verlässlichkeit seiner Empfindungen beraubt und gaukelten Trug ihm vor?

War dieser Geistestaumel rächende Antwort des Schicksals auf seinen schmähenden Spott?

Noch ehe er weiteres sich fragen konnte, gerann die Welt zurück in ihre stoffliche Ordnung, in klares Hier und entferntes Dort. Fest verschlossen war ein jedes Ding wieder für sich und zurück an seinem angestammten Platz.

Zurückgekehrt war die Welt der klar umrissenen Körper und was lichtes, wogendes Spiel gewesen, war wieder hart und greifbar verfestigt an seinem zugedachten Ort.

Auch der Apfel lag vor ihm, rund und reif und fest und wirklich und Aiyool besah ihn von neuem und sagte für sich:

„Wenn auch das Geschehene nur Spuk und Traume war, so hast doch Dein Geheimnis Du offenbart vor meinem Scheiden und dies ist Trost mir und Versöhnung mit der Welt.

Dich werde ich pflanzen, auf dass Du gedeihst zu einem prächtigen Baume, Früchte trägst und eines ganzen Waldes Ausgangs sein magst.

Aber nicht erst dann wird Deine Bestimmung erfüllt sein und nicht erst dann werde ich Dich als vollkommen, als Vollkommenheit betrachten, nein, jetzt schon bist Du vollkommen, denn Du enthältst, ja, Du bereits bist jede Möglichkeit, und nun, da ich Dich als so und Vollkommenheit als Dein Wesen schauen durfte, so kann ich nicht anders, als diese Vollkommenheit gleichermaßen in allem und jedem zu sehen, denn der Stumpf dort war Same wie Du Same Stumpf sein wirst, die Erde unter mir war Baum, wie sie wieder Baum werden und sein wird und zugleich schon ist, denn bloß durch den Schleier der Zeit erscheinen die Bilder als getrennt und die Ausprägungen als einander folgend.

Und weiß Baum und Stumpf gleichermaßen im Samen ich verwirklicht, so muss ich auch im Knaben den Mann, im Narren den Weisen, im Sünder den Heiligen, im Leid das Glück und im Tod das Leben sehen."

Und er scharrte ein Loch und pflanzte hinein den Apfel und bedeckte ihn mit Erde.

Allein und für sich nun war Aiyool, wie er vor dem frisch bestellten Beete saß und still, ganz still war es um ihn.

„Fort ist mein Apfel und übrig bin ich," sann er auf Antwort in die Stille hinein:
„Doch wer bin ich? Wer ist Aiyool, der dieses schaut?
Dort liegt die Frucht nun unter der Erde und wird vergehen, aber aus ihr wird neues Leben keimen.
Und nicht mehr lange, da ist meine Zeit gekommen, und auch ich werde vergehen und Fäulnis sein.

Bevor aber dieses Ende mich ereilt, will bloß noch eines ich ergründen:
Welche Bewandnis hat das Geheimnis des Apfels für mich?
Ihn habe als Vollkommenheit ich schauen dürfen.
Was aber ist mit mir?
Gilt für mich, was für ihn gilt?

Nichts anderes scheint möglich, denn bin nicht untrennbar ich verwoben mit dem Apfel, den in meiner Hand ich hielt, wie auch mit dem Stumpf, an dem ich lehne und mit der Erde, auf der ich ruhe?
Würde nicht der Apfel ich, wenn ich ihn äße und werde nicht ich Erde, wenn ich hier verrotte?
Gleichermaßen also bin ich Apfel, Baum und Erde, aber auch bin ich Aiyool.

Darf ich mich unter all diesem Verschiedenen, das ich bin und das um mich ist, als ebenso vollkommen, als ebendiese ewige Vollkommenheit wissen, die im Apfel mir sich zeigte?
Entbinden des flackernden Taumels der Gestaltungen würde mich dies, nicht weiter unterworfen dem wechselhaften Spiel von Gedeih und Verderb wüßte ich mich und durchbrochen wären meine irdischen Fesseln.
Dies bedeutete, fürwahr, unermessliches Geschenk und höchsten Segen und zersprengt

fände ich all meine Ketten und erlöst mich von meinem Leid.

Schön und reich und selig wäre mir diese Einsicht, dieses Geheimnis, aber finde nicht bald die Antwort ich, so wird zu spät für mich sie kommen, denn schwächlich bin ich und mein baldiges Ende ist besiegelt."

Noch ehe jedoch weiter er auf Einblick sinnen konnte, zerflossen erneut die Dinge und reines Sein ergoss sich, umströmte ihn, durchströmte ihn. Anders aber noch als zuvor, da er Aiyool geblieben ward und als Aiyool die Einswerdung um ihn geschaut hatte, verlor nun, in dieser Welt ohne Form, auch Aiyool seine Kontur, war nicht mehr Aiyool, war nicht mehr Mensch, war nicht mehr Körper, war nicht, war nichts. Er zerging, löste sich auf, ging ein in alles, was um ihn war, ging auf im Unbegrenzten.

Eine lustvolle Verzückung, die bisher nur bei der Vereinigung mit dem Weibe er erfahren hatte, durchfuhr ihn, durchfuhr allen Raum, aber tausendfach stärker noch, denn er war vereinigt mit allen Leibern nun und was Aiyool gewesen war, war vollends verschlungen und verschwunden.

Köstlich berauscht, trunken wie von tausend Flaschen himmlischen Weines, doch klaren Geistes, wach, ja wacher noch als wach vollzog sich jauchzend schillernder Tanz, tanzte das Eine, das Unendliche, ohne Beginn und ohne Ziel, denn in diesem ewigen Moment war alles Erreichbare erreicht und alles Mögliche Wirklichkeit.

Grundloses, grenzenloses Frohlocken, unbedingt in Sein und Tun und Werden, war – war und strahlte als blendendes Licht wie von tausend gleißenden Sonnen.

Und das Licht war zugleich Dunkel, das Sein war Nichtsein, das Alles war das Nichts. Nur Ursprung war – war und war nicht, war Raum und Zeit enthaltende Stille, eine allschwangere, berstend pralle Leere, die immerzu zerstob in Ort und Augenblick, die in Hier und Dort zersprang und doch zugleich unverändert, unbewegt und ganz verblieb.

Allgegenwart verdichtete sich, gewann an Umriss, bildete wirbelnde Strudel aus, flirrende Wolken, welche in Körperlichkeit geronnen, und das Stofflose verleiblichte schließlich zur unzähligen Vielfalt aller Formen sich.

Und auch Aiyool, eben noch aufgelöst im Grenzenlosen, wurde wieder durch diese Verfestigung, die Formlosigkeit zu Form und das Unendliche endlich werden ließ. Aiyool wurde wieder Aiyool, wurde Ich, wurde Körper, wurde Fleisch, wurde Mensch und fand geboren sich zurück im Gefüge von Raum und Zeit, und auch um ihn kehrte alles auf seine angestammte Bahn.

Noch geblendet wand haltsuchend umher Aiyool seine Augen. Was war geschehen? Eine Schauung war über ihn gekommen.

Ein Traum? Dann war der Schlaf ein
Erwachen gewesen. Wieviel Zeit mochte
vergangen sein? Schlief noch er? Was war
Spuk, was Traum und was wirklich?

Aiyool schaute um sich. Er war zurückgekehrt
in die Welt des Hier und Dort, des Oben und
Unten, des So und Anders, des Nun und des
Dann.
Aber ein Zauber war bewahrt geblieben, hatte
überdauert und lag über all dem. Der
reichhaltige, stille Friede, der Raum und Zeit
und Körper ausgeboren hatte, er war noch
immer gegenwärtig, nicht vermochten die
Schleier der Welt ihn zu überdecken und sein
inneres Leuchten schimmerte unverhangen in
den Dingen, die doch nur das Eine waren.

Süß duftete Aiyool das Leben und alles
Geräusch drang ihm wie Musik in sein Ohr.
Fern und fremd nun war sein gefasster
Beschluss, verschwunden sein Sinnen auf
Scheiden und Flucht. Offenbart als

Verheißung und Gnade ihm nun war dieses
Leben, das zuvor marternde Pein noch
gewesen.

„Was ist mir, was ist der Welt gedient, wenn
ich hier verrotte?
Mein Leben ist nicht meines, vielmehr bin ich
des Lebens und seine frische Kraft strömt nun
erneut in meinen Adern.

Annehmen, mich seinem Fluss ergeben werde
ich von nun an und nicht mehr meinen Willen
ihm gegenanstellen.
Nicht die Welt, meine Auflehnung gegen sie
erlegte den Schmerz mir auf.

Was weiß ich denn? Überblicke ich mein
Handeln? Kann ich denn schauen, welche
Früchte mein Wirken trägt?
Alles ist Grund und alles ist Folge, alles ist
Samen und alles ist Frucht.
Mehr bin ich als Körper, dies durfte ich
erfahren, und dieses Mehr ist nicht nur in mir,

nein, es ist in allen Dingen, ebenso wie alle Dinge in ihm sind. Darum ist nicht mein Selbst es, das vergeht, sondern die bloße Form und auch diese vergeht nur, um neu geboren zu werden.

Woher? Wohin? Warum? Nicht haben diese Fragen mich zu bekümmern, nun, da um dieses Mehr ich weiß; nicht zu tragen habe ich an ihrer Last.

Ich bin und ich lebe und das für sich ist schon Wunder und Geschenk genug.

Darum will ich zurückkehren und mich in das Leben fügen, das mir beschieden ist.

Und regt sich sein Drang in mir, so werde ich folgen, flüstert die Stille, so soll sie mir Herrin sein, denn klar vernehme ich ihr Wispern, nun da Lärm und Wille nicht mehr entgegen stehen.

Tun werde ich, was der Augenblick gebietet, denn ich sehe, allein in dieser Hingabe liegt Freiheit.

Ohne Sorge, ohne Furcht, ohne Kummer, ohne Eile und ohne Hast will ich von nun an leben, denn ich weiß gewiss, dass der Lauf der Welt ein gerechter und mein Innerstes unvergänglich ist.

Doch fortan werde ich nicht mehr urteilen dem Anschein nach. Nicht mehr die Bilder meiner Sinne will ich für wahr nehmen, sondern im Quell der Dinge fest verankert sein und als wohl umsorgt und nichts entbehrend mich wissen."

Und so erhob sich Aiyool und wässerte den Boden mit des Wassers letzten Tropfen an der Stelle, an der den Apfel er eingepflanzt hatte.

Alsdann war zur Heimkehr er aufgebrochen.

Auch auf dem Rückweg sprach er wenig, aber er mied die Menschen nicht mehr. Auf wen er traf, mit dem wechselte freundliche Worte er.

Die meiste Zeit jedoch ging er für sich und ihn ihm wirkte die Schauung, die über ihn gekommen war.

Was er brauchte, fand sich und obgleich er irr und ohne Richtung fort aus der Stadt gelaufen war, führten ohne Umweg heimwärts ihn seine Schritte, denn er hielt sich an Sonne und Marken, die die Landschaft ihm bot.

So war auf die Anhöhe er gelangt und damit war der meiste Teil des Weges hinter ihm.

Seine letzte Rast würde dies sein vor der Rückkehr, denn nicht mehr fern war die Stadt.

Und so stand er auf der Hügelkuppe und blickte auf Urbia.

„In die Ferne habe ich gehen müssen, um mir selbst nah zu sein, doch nun zieht es mich zurück zur Stätte meiner Geburt, wenn auch durch die Schauung alles mir Heimat geworden ist."

So schweiften seine Gedanken und auch schweifte sein Auge und er machte eine Gestalt aus, die sich ihm näherte, und er erkannte sie als Liomgur, seinen Gefährten aus Jugendtagen.

Auch dieser musste Aiyool erspäht haben, denn er kam auf ihn zu und fragte:

„Sprich, bist Du nicht Aiyool, erster Sohn des Thumin, Sohn des Garlund?

Suchen nach Dir hat man lassen. Für tot hat man Dich gehalten. Gebangt, Dich in Teile gerissen zu finden.

Ohne Spur bist Du gegangen. Verschwunden warst Du.

Um Dein Schicksal haben wir gefürchtet, und die Stimmen werden lauter, die das Erbe anderen zuteil werden lassen wollen."

„Ja, Liomgur, ich bin der, den Ihr habt suchen lassen," erwiderte Aiyool.

„Ich bin es und ich bin es nicht. Ich stehe als Aiyool Dir gegenüber, Liomgur, und Freude schenkt mir unser Wiedersehen. Der Mensch aber, der von Euch gegangen ist, Ihr hättet ihn nicht gefunden.

Gestorben bin ich, so wie alles Leben stirbt – und wieder aufersteht. Tod und Geburt sind nicht verschieden von einander."

„Wie wunderlich er spricht – wie verwandelt. Ihm ist tatsächlich etwas geschehen," dachte Liomgur bei sich, doch trug das Wiedersehen Freude auch in sein Herz und also sprach er:

„Schön und trefflich ist es, wohlauf bei unversehrtem Leibe Dich zu finden. Willst Du nicht teilen meinen Weg zurück in die Stadt?"

„Gerne will ich mit Dir kommen, mein alter Freund, denn ohnehin ist die Stadt mein Ziel. Und wahrlich, mein Magen verlangt nach einem Mahl, mein Leib nach einem Bad und mein Herz nach denen, die zurück ich ließ.

Also will ich Dich begleiten und heimkehren in das Haus Thumins, meines Vaters."

„So lass uns aufbrechen, Aiyool, zurück in die Stadt und auf dem Wege magst Du mir berichten, wie es Dir ergangen ist."

Und sie erhoben sich und lenkten gemeinsam ihre Schritte die Anhöhe hinab ihrer beider Geburtsstadt entgegen.

Nicht lange waren sie gegangen, da führte der Weg vorbei sie an einem Buchenhain und den Blick zur Waldung gerichtet fragte Aiyool:
„Sag, Liomgur. Wohnt der alte Einsiedler noch dort?"

„Ja, er hat dem Leben in der Stadt den Rücken gewandt und lebt abseits und allein. Was er braucht, gibt ihm der Wald. Er pflegt den Rückzug und gibt sich der Versenkung hin."

Doch damit nicht bewenden ließ es Aiyool, denn so fragte weiter er:
„Wohin führt ihn sein Rückzug von der Welt?
Wo kann er sein, wo kann man sein, wo die Welt nicht ist?
Er trägt sie in sich, so wie sie jeder in sich trägt. Sie ist, wo er ist und er ist, wo sie ist.
Denn ist nicht alles, was ist, Welt? Und da auch er ist, wie will er nicht Welt sein?

Mag auch einsam in der dunkelsten Höhle er hocken, solange er dort sitzt, um zu entkommen, hält gefangen ihn das, dem er entfliehen will.

Es gibt kein Versteck, Liomgur, denn solange ein Versteck man sucht, wird das, dem man zu entrinnen trachtet, bei einem sein.
Erkenne Dich als die Welt, denn Du bist sie, nimm sie an, mit allem, was in ihr ist.
Und nimmst Du auch jenes an, welchem im Verstecke Du entrinnen willst, so wird alles Zuflucht Dir sein und es wird keine Zeit und keinen Ort mehr geben, an dem nicht ist, was im Entkommen Du zu finden hofftest."

Und wie Liomgur hörte Aiyools Reden, da fiel manch Drückendes von ihm ab, denn auch er trug Flucht und Versteck in sich, aber die Worte machten, dass er annehmen konnte, was zuvor ihn hatte fliehen lassen.

Und weiter zurück führte sie der Weg zum Hause Thumins, zu einem Eichenbaum, unter dessen Schatten umschlungen zwei Liebende saßen.

Gewandt zu ihnen sprach so Aiyool:

„Ich sehe die Liebe in Euch und ich sehe die Liebe zwischen Euch. Ihr seid die Fleisch gewordene Liebe, doch wird durch ihre Verleiblichung wie alles Irdische sie vergänglich, und Schmerz und Verlust sind Euch gewiss, sofern Eure Liebe an dieses Fleisch Ihr bindet.

Doch ist nicht bannender Fluch die Fleischwerdung, sondern Gnade und Segen, denn erst das Irdische verleiht dem Unendlichen Gestalt und Gesicht, der Körper erst erlaubt Sinnlichkeit und nur verleiblicht wird erfahrbar das Unerfahrbare.

Aber seht Ihr in Eurem gegenüber das Antlitz des Unvergänglichen, den aus dem Unbegrenzten geronnenen Funken, so werdet

Ihr durch des Leibes Sinne nicht nur im Liebsten, sondern in allem das Liebste empfinden, und die Liebe des Grenzenlosen wird Eure Erfahrung sein."

Und Liomgur hörte die Worte und lauschte ihnen nach, und als er aufsehen wollte zu seinem Freunde, sah nicht mehr bloß er Aiyool, sondern zugleich diesen und alles schimmern als verleiblichte Liebe und Ewigkeit.

Und weiter zurück führte sie der Weg zum Hause Thumins, geradewegs zu einem Holzfäller, der Scheite spaltete für den Kamin.

Gewandt zu ihm sprach so Aiyool:

„Viel Gutes hat Dein Tagewerk, und fleißig bist Du an Säge und Axt.
Doch wird das Feuer Deines Holzes auch den nicht wärmen, der verschlossenen Herzens ist, und für den ist bitterer Winter allezeit.

Der jedoch, dessen Herz weit ist, er kennt keine Kälte auch in der frostigsten Nacht.

Die Kraft aber, die nur im Holz Du wähnst und deretwegen das Holz Du schlägst, sie ist überall und unerschöpflich, denn aus ihr ist aller Raum gewoben. Das Licht, es strahlt an jedem Ort, und das Feuer, es lodert allgegenwärtig."

Und Liomgur hörte die Worte und spürte auch in seinem Herzen das Feuer brennen und es wärmte ihn im Innern, mehr als tausend lohende Scheite ihn hätten wärmen können.

Und weiter zurück führte sie der Weg zum Hause Thumins, bis einem Hirten sie begegneten, der seine Schafe auf eine grüne Weide trieb.

Und das Auge zu diesem Schäfer gewandt sprach so Aiyool:

„Siehst Du diesen Hirten inmitten seiner Tiere?
Was bliebe von ihm ohne seine Schafe?
Seine Herde erst macht ihn zum Hirten, der er ist.
Und so wie erst durch seine Herde der Hirte zum Hirten wird,
so wird erst durch seine Untertanen der Fürst zum Fürsten,
und durch seine Schüler der Lehrer zum Lehrer.

Darum sieh, Liomgur, erst der Sohn gebiert den Vater und erst die Geschöpfe verwirklichen den Schöpfer.

Und zugleich, o Liomgur, liegt im Verborgenen der Beginn aller Verkettung, denn sag mir, wer ist es, der den Ersten Hirten hütet?

Wer ist es, der den Ersten Lehrer lehrt?
Und wessen Same schuf den Ersten Vater?
Wer gebar die Erste Mutter?

Sag mir, worauf baut der Erste Grund?
Dies zu wissen habe ich gesucht, doch erst im Nichtwissen fand ich Erlösung.

Unergründlich ist er, dieser Erste Grund, und doch ist er nicht fern in Zeit und Raum.
Aller Grund ist nun und hier und aus sich selbst heraus.

Darum dränge nicht auf das Warum und trachte nicht nach dem Woher, denn erst das Fragen lässt die Antwort mangeln."

Und Liomgur hörte die Worte und sie befreiten ihn um vielerlei Fragen, die in ihm waren, und hierin er fand, dass keiner Antwort er entbehrte.

Und weiter zurück führte sie der Weg zum
Hause Thumins, geradewegs zu einem Magier,
der in heißem Kessel einen Sud ansetzte.

Gewandt zu ihm sprach so Aiyool:

„Wundersam muten Deine Kräfte an und
Dinge vollbringst Du, die zauberhaft wirken
für den, der nicht Deines Standes ist.

Doch wo beginnt Dein Wirken?
Mit dem Mengen eines Trankes? Mit dem
Sprechen eines Bannes? Ist der Zauber nicht
schon in dem Kraut, das Du sammelst für
Deinen Sud?
Ist er nicht auch schon in Wasser und Sonne,
welche Dein Kräutlein wachsen lassen, bis Du
es pflückst?
Woher rührt Deine besondere Kraft? Was
scheidet Zauber und Gewöhnliches?
Keinen Zauber gibt es ohne das Gewöhnliche,
denn was ist es weniger als die Bühne Deiner
Wunder?

Drum ist jeder Zauber erst möglich durch das Gewöhnliche wie auch alles Besondere nur durch das Übliche kann sein.
Und meinst Du doch, es gäbe Zauber und Gewöhnliches als zweierlei, so kann nur das Gewöhnliche das wahrhaft Zauberhafte sein.
Nein wahrlich, das Wunder wohnt in allem."

Und Liomgur lauschte den Worten und sie machten, dass nicht mehr geschieden die Welt ihm war in zweierlei und unverhüllt sah er den Zauber in allen Dingen.

Und weiter zurück führte sie der Weg zum
Hause Thumins, vorbei am Herrscherpalast
der Stadt, und sie kamen in eine Parade,
welche dem Fürsten zur Ehre gereichen sollte.

Und aus der Menge, den Palast im Auge,
sprach so Aiyool:

„Trägt der Fürst auch das Gewand eines
Herrschers, die löchrigen Lumpen des Bettlers
sind doch nicht verschieden von dem
prächtigen Samt des Fürstenmantels, und wie
sein Gewand entstammt auch seine Macht
jenem, das ebenso speist seine ohnmächtig
sich dünkenden Untertanen.

Darum, Liomgur, sieh in ihm nicht den
Gebieter, der über Dich bestimmt allein, denn
seine Kleider sind wie die Deinigen
gleichermaßen gewoben aus demselben
lichternen Zwirn, und auch wenn schäbig
dieses und prunken jenes erscheint, so wisse
doch jed Gewand und Gestalt gewirkt von der

unerschöpflichen Spindel des einen vollkommenen Garns."

Und Liomgur vernahm Aiyools Worte und sie ließen ihn erkennen alles irdische Kleid als gesponnen aus dem einen Faden der Unermesslichkeit.

Und wie sie weiter gingen den Weg zum Hause Thumins, da sahen sie flüchten einen Dieb und den Bestohlenen eilen hintendrein.

Gewandt zu diesem sprach so Aiyool:

„Dir nahm er, was sein nicht ist. Doch war es je tatsächlich Deines? Wem gehörte es wahrhaftig?
Welcher Gestalt ist unser Haben?
Sicher, Deinen Beutel trägst Du voll Münzen und verfügst auch sonst über allerlei Gut.
Doch sagst Du mir, es sei durch Arbeit oder Handel Deins geworden, so auch sage mir, woher stammt die Kraft, die es Dich verdienen ließ?
Wie fand es in die Welt, bevor Dein es wurde?

Fürwahr, alles Ergründen führt ins Uferlose.
So ist es nicht wirklich Deines – und auch nicht eines anderen.
Oder aber unser aller ist es. Denn wer sind wir anderes als eben dieses Uferlose?"

Und Liomgur hörte die Worte und beraubten sie ihn auch aller Habe, die sein er gedünkt hatte, so war er darum nicht gram, denn hierdurch fand unvergleichlich er sich beschenkt, hatte doch das Unermessliche dessen statt er gewonnen.

Und weiter zurück führte sie der Weg zum Hause Thumins, vorbei an dem Haus eines Zahlengelehrten, der über Berechnungen saß.

Zu ihm sprach so Aiyool:

„Sieh, Deine Welt ist Ordnung, ist Maß. Du kannst sie vermessen, weil sie greifbar ist.
Doch den Ursprung der Form, den Quell der Gestaltungen, ihn kannst Du nicht vermessen.

Unfassbar ist der Schoß allen Seins. Keine Form, die er hat und doch keine Form, die er nicht ist.
Alles entspringt ihm und er gebiert Maß und Zahl.
Doch das ungeteilte Wesen, es bleibt verborgen dem, der mit Pfund und Elle die Welt zu ergründen sucht.
Nein, nicht gering schätzen will ich Deine Kunst. Erst die Zahl scheidet lang von kurz und groß von klein und erst das Maß lässt uns die Welt begreifen.

Doch allzu leicht trennt die Zahl das Messbare vom Unermesslichen, das Maß das Endliche vom Unendlichen und verengt so unseren Blick nur auf das Gesonderte."

Und Liomgur hörte die Worte und sie machten ihn sehen das Maßlose in allem Maß und das Unzählbare in aller Zahl.

Und weiter zurück führte sie der Weg zum Hause Thumins, vorbei an einem Bettler, der mit dürrer Hand seine Bettelschale ihnen entgegen hielt.

Und sich hinunter beugend sprach so Aiyool:

„Magst auch gering an Besitz Du sein, so bist Du doch nicht arm.
Nicht zu kümmern haben Dich Feld oder Hof, Geschäfte oder Unterhalt.

Sogar ist Deine Armut Reichtum, denn in jedem Bissen schmeckst Du Güte, die kleinste Gabe ist Dir Geschenk und jeder Almosen, der in Deinem Napfe landet, ist Dir Barmherzigkeit.

Und wirft auch jeden Tag ein anderer Münzen in Deine Schale, so rührt sich in Dir doch kein Zweifel, welche Hand es wahrhaftig ist, die Dich nährt, aufs Neue Tag für Tag.“

Und Liomgur hielt inne, denn durch Aiyools
Worte wurden auch ihm Gnade und Geschenk
alle Dinge und er sah klar den Quell aller
Gaben und allen Reichtums.

Und weiter zurück führte der Weg zum Hause Thumins, durch die Stadt vorbei an der Kapelle, aus der Opfergesänge und Segensbitten des Priesters drangen, denn es war die Zeit des Kirchganges.

Und den Blick zur Kapelle gerichtet sprach so Aiyool:

„Sieh, der Priester ist Mittler zwischen Dir und dem Höchsten.
Doch das Höchste ist zugleich das Niederste.
Es ist das Oben ebenso wie es das Unten ist.
Und so wie es das Oben und das Unten ist, so auch ist es das Dazwischen.
Es ist allgegenwärtig und unmittelbar.
Es bedarf keines Mittlers, ja ein Mittler lässt sogar fern es und bedingt erscheinen.

Etwas, das man suchen, das man verdienen, das man erlangen müsste. Ein Mittler trennt daher, was eins nur ist.

Und dieses Eine ist in allem, denn es ist alles. Es ist im Priester, wie in Dir es ist.

Darum bete, opfere, beichte, läutere. Doch wird dies Dich dem Höchsten nicht näher bringen, als Du schon bist, denn bedingungslos und unentäußerlich ist es.
Dies zu vergessen öffnet Tür und Tor der Heuchelei und irrigem Opferbrauch.
Dies zu vergegenwärtigen ist Freiheit.
Denn, so ich frage Dich, wie könnte nicht überall sein das Unendliche?
Und was je könnte erfordern das Unbedingte?
In seiner Allgegenwart ist jedes Handeln Andacht und jede Zeit ist Einkehr, denn was ist alles Sein anderes als Tempel der Unendlichkeit?"

Und Liomgur hörte die Worte und sie machten, dass er gewahr wurde des Unbedingten Gegenwart in allem Sein.

Und weiter zurück führte sie der Weg zum Hause Thumins, vorbei am Kerker, wo ein Sträfling in die Haft geführt wurde.

Zum Häftling blickend sprach so Aiyool:

„Sieh nur genau, Liomgur, und sage mir:
Wer ist Wächter?
Und wer Gefangener?
Auf welcher Seite des Gitters ist das Verlies?

Sperrt der Wächter nicht gegen sich selbst das Schloss, wenn die Zelle er verriegelt?
Denn bindet nicht das Einkerkern den Wächter stärker als den Sträfling noch?

So ist wahrlich es die eigene Freiheit, die man verliert, wenn man bewacht."

Und Liomgur fand ein Verlies auch in sich, in das er mancherlei eingesperrt hatte und das seitdem gefangen ihn hielt, doch die Worte machten, dass er befreien konnte, was verschlossen gewesen war in ihm.

Und weiter zurück führte sie der Weg zum Hause Thumins, vorbei an der Kaserne, wo ein Trupp Soldaten für eine Schlacht sich rüstete.

Und zu ihrem Leutnant sprach so Aiyool:

„Du ziehst in den Krieg, im Dienst Deines Vaterlandes, die eigene Sache zu schützen und Deine Flagge zu verteidigen.

Doch sag mir, welcher Natur sind die Grenzen, um die Du kämpfst?
Zeige Du nur eine Grenze mir, die wirklich ist und von Bestand, von Gültigkeit und Dauer, und ich gehe allen voran mit Dir in den Krieg.

Aber welches Reich verteidigst Du und welches suchst Du zu erobern?
Und wer ist es, auf den im Kampf Du zielst?
Welcher Graben ist es, der zwischen Euch führt?
So sieh genau, welches ist wahrhaft Dein Vaterland?

Deine wahre und währende Heimat ist schon Dir auf allezeit.

Ihr allumfassendes Reich wohnt Dir inne und Du wohnst in ihm.

Keine Flagge weht über ihm, und doch umspannt es alles Sein.

Kein Außen, kein Gegenüber kennt das Grenzenlose, und eben darum ist es unangreifbar.

Nichts kennt es außer Gänze und eben darum ist es unzerstörbar und sein Friede ewig.

So frage ich Dich, was lohnt Kampf, das nicht schon Du hast? Nach was strebst Du, das nicht schon Du bist?

Deine Sinne zeichnen als aufgespalten Dir die Welt, doch in allem wogt ein Leben nur.

Und weißt jeden Körper Du als Firnis, so findest auch jede Kluft und Grenze Du als bloßen Schein.

Doch ohne Grenze, sage mir, wer ist der andere als Du?"

Und Liomgur hielt inne, denn auch er trug Grenzen und Begrenzung in sich, aber er sah, dass keinen Bestand jene hatten, und alles, was an Feind und Kluft und Mauer noch in ihm gewesen, war erwachsen nun als innig und eins, und vorbei war aller Kampf in ihm, denn was verblieb, war Friede nur.

Und weiter zurück führte sie der Weg zum Hause Thumins, vorbei an einer Musikantin, die mit ihrer Flöte Lieder auf dem Marktplatz spielte.

Zu ihr sprach so Aiyool:

„Wie gerne lausche ich Deinem Spiel, denn wie Deine Noten sind Musik, so ist alles Leben Klang.
Und was ist unser Leben anderes als Lauschen dem Unendlichen?

Ein jedes Ding schwingt auf seinem Ton und so ist die Welt Konzert, ist Tanz, ist vollendete Symphonie.

Doch erst auf der Flöte wird Dein Atem zur Musik.

Und so wie Deine Flöte Instrument Dir ist, so sind alle Dinge Klangeskörper, die, durchströmt vom einen Atem, zur Hymne der Unendlichkeit gemeinsam voll erschallen."

Und Liomgur hörte die Worte und lieblich klangen sie ihm, so wie durch sie alles Leben Festgesang und preisendes Loblied nun ihm war.

Und weiter zurück führte sie der Weg zum Hause Thumins, geradewegs auf den Marktplatz in der Mitte der Stadt, wo ein Herold die neuesten Ereignisse ausrief.

Zu ihm sprach so Aiyool:

„Heiser ist Deine Stimme, mehr wie ein Rabe denn wie ein Herold klingst Du.

Gönne Dir eine Pause und sei stumm für eine kurze Zeit, denn alles was Du mitteilen kannst, ist ohnehin das Gestrige nur.

Vergänglich sind Deine Neuigkeiten, Neueres ist bereits geschehen, in dem Augenblick, in dem Du sie erfährst und noch älter sind sie, da Du sie verkündest.

Die Neugier befriedigen können sie für eine Weile, aber das tiefere Sehnen stillen können sie nicht.

Darum schweig für einen Moment und lausche, auf dass die Stille das Unvergängliche Dich lehrt.

Rasch wandeln sich Deine Nachrichten, doch das, in dem sie weilen, wandelt sich nicht. Jedes Ereignis formiert die Lettern neu, allein der Grund, der sie trägt, besteht fort und ist unveränderlich."

Und wieder hörte Liomgur Aiyools Worte, doch dieses Mal sprach lauter noch als sie die Stille, und sie war beredter als tausend Worte hätten sein können, und sie wirkte stärker, als tausend Reden hätten wirken können.

Und weiter zurück führte sie der Weg zum Hause Thumins, vorbei an dem Geschäft eines Uhrmachers.

Zu ihm gewandt sprach so Aiyool:

„Was für ein Geheimnis ist es, das Deine Uhren mit der Zeit bewahren?

Die Zeit herrscht über alle Formen, allem Vergänglichen ist sie Gebieterin.
Alles Irdische ist unterworfen ihr und so zehrt sie an uns, verzehrt uns, untertan einzig dem Ewigen ist auch sie.

Aber jeder Augenblick trägt die Unendlichkeit in sich und seine Pforte eröffnet uns das Paradies.
Durchschreiten wir das Tor des Moments, so lichten des Zeitlichen Schleier sich und unverhohlen erstrahlt des Unvergänglichen Reich.

Derweise bezähmen wir der Zeit tod-
bringendes Nagen und jeder Moment ist uns
einzigartige Offenbarung des Ewigen, ein
geweihter Blick des Lebens auf sich selbst."

Und Liomgur hörte die Worte und er sah alles
Wirkliche wohnen in dem einen jetzigen
Augenblick, der umspannte alle Zeit und
Ewigkeit.

Und weiter zurück führte sie der Weg zum Hause Thumins, bis dass sie trafen auf eine Mutter, die ihr Geborenes an ihrem Busen wiegte.

Und zu ihr wandte sich Aiyool und sprach:

„Durch Deinen Schoß fand Dein Kind ins Leben, wie auch durch den Schoß Deiner Mutter Du gekommen bist.

Geschaffen aus Liebe, geboren um zu leben. Aber hast Du auch Dein Kind empfangen, so entstammt doch es dem einen Schoß, dem alle Schöpfung entsprießt.

Dem einen Quell entsprungen, erwächst jeder als Keim am Baume des Lebens, er sprießt als Knospe aus dem einen Stamme, blüht auf als Ausdruck der Lebensfülle und kehrt zurück als darniederfallendes, welkes Laub, geht wieder ein in das fruchtbare Feld, geht auf, verliert sich, wird eins, wird nichts.

Ruht als formlose Krume, als Mutterboden sich neu auszuprägen, aufzulösen, um von neuem zu keimen und in eine neue prachtvolle, einmalige Form zu streben.

Es ist das Leben selbst, das neues Leben gebiert, es ist die Liebe selbst, der neue Liebe entspringt, und in die Liebe kehrt alles zurück, und doch bleibt der Spross am Stamm verwurzelt, wie in der Liebe auch Du immer verwurzelt bist.

Ihr Paradies ist nicht nur Ursprung und Bestimmung, auch ist es Weg und Gegenwart.

So ist jedes Kind Dein Kind und jeder Ahn Dein Ahn,
wie auch jeder Mann Dein Bruder und Deine Schwester jede Frau.
Und zugleich ist enthalten in Dir jedes Kind, wie auch all Deine Ahnen sind in Dir.

Denn also trägst Du Vergangenheit und Zukunft in Dir und Bindeglied zwischen Gestern und Morgen ist Dein Sein."

Und Liomgur hörte die Worte und sie machten, dass nicht mehr als fremd betrachtete er jene, die nicht vom Blute seiner Familie waren, denn nur ein Blut war es, das in aller Adern floss, wie auch ein Atem bloß es war, der strömte in aller Lungen, und ein Herz nur, das schlug in aller Brust.

Und weiter zurück führte sie der Weg zum Hause Thumins, geradewegs auf eine Lichtung, auf der ein Jäger auf das Wild ansetzte.

Und den Jäger im Auge sprach so Aiyool:

„Kein Schuss geht irr, auch wenn Dein gesetztes Ziele er verfehlt. Nicht jeder Kugel ist bestimmt zu treffen.

Doch kein Grund zum Kummer ist dies, denn womöglich gebiert das Reh, das heute bleibt verschont durch Deine irrende Kugel im nächsten Jahr den prächtigsten Bock – oder sein Fleisch wäre befallen vom Wurme und brächte Dich um durch Krankheit und Siechtum.
Aber nicht verfehlen kannst Du Deines Jagens wahres Ziel, denn das Vollkommene kennt Erfolg allein als wirklich nur."

Und Liomgur hörte die Worte, und er fand Erleichterung in ihnen, denn war auch in

seinem Leben manches Ansinnen unver-
wirklicht geblieben und hatte manches
Unterfangen als fehl gegangen er gewähnt, so
nun sah geklärten Auges er, dass tatsächlich
niemals er gescheitert war.

Und weiter zurück führte sie der Weg zum Hause Thumins, über eine Wiese, auf der ein Meer von Blumen in prächtiger Blüte stand.

Und Liomgur machte aus eine Gestalt, in die Wiese gebeugt sich einen bunten Strauß zu pflücken.

„Sieh dort, Aiyool, ist das nicht Lhéela, die alte Amme, die uns beide aufzog wie von ihrem eigenen Blut?"

"Ja, Liomgur, Dein Auge täuscht Dich nicht. Unsere gute Lhéela ist es," fand freudig auch Aiyool.

Und gewandt zu ihrer beider Amme so er sprach:

„Erkennst Du, Lhéela, Deine Ziehsöhne, die Du säugtest an Deiner Brust?"

"Ja, Aiyool, gereift sind Eure Körper, doch die Züge Eurer Jugend sind unverkennbar in Euren Gesichtern trotz der Jahre, die vergangen sind.

Und nun trefft Ihr auf dem Felde mich, wo eine schöne Hand voll Blumen ich mir pflücken will.

Denn blicke ich auf eine Blüte nur, so verrät sie aller Blumen Wesen mir.

Sie blüht auf zu ihrer Zeit und schon ist erfüllt all ihre Bestimmung.

Uns Menschen Duft und Schönheit, den Bienen Nahrung und ihresgleichen Befruchtung, so blüht sie und ist, was sie ist und reich und genug ist dies allein.

Warum sie ist?

Die Freude am Sein und am Geben ist es, die sie sein lässt, und so ist sie mir Gleichnis für Geheimnis und Wunder.

Und dereinst wird sie verwelken und ihren Raum schenken den kleinen Triebe dort, die noch nicht mehr als Knospen sind.

Als nächste in der Kette aber werden reifen sie zu ihrer Zeit, wie ein jedes Geschöpf hat seinen Platz und gedeiht nach seinem Plan, so dass volle, frische Blüte ist alleweil und immerzu.

Und auch wenn die Zeit uns Menschen nur erscheint, auf ihrer Bühne hat doch jeder seinen Vers und seinen Glanz und Mai."

Und Liomgur durch die Worte fand wundersam sich befreit von Mühe und Pflicht und Bedingung, denn sie machten ihn sehen, dass auch er genug war durch sein bloßes, reines Sein, und er gleichermaßen Blüte, Schönheit und Befruchtung war nach seiner Weise und dass eben dies genügte und nichts anderes je verlangt war von ihm.

Und weiter gingen sie den Weg zum Hause Thumins, bis dass ein Greis, auf einen Stock gestützt, ihnen entgegenkam.

Zu ihm sprach so Aiyool:

„Magst auch alt an Jahren Du sein, so ist doch der ewig junge Keim in Dir, wie er in allem ist.

So aber ist das Alter dem Tod nicht näher als die Jugend, der Greis ist nicht älter als der Jüngling, nein, alles Leben gebiert sich selbst aufs Neue, immerzu und ewiglich, und doch stets in dem einen, dem einzigen Moment und alterslos wie alles bist auch Du in Deinem Sein."

Und Liomgur hörte die Worte und fand verjüngt sich durch sie und wie neugeboren, und voller Frische und Unschuld erschien darauf ihm alle Welt.

Und weiter zurück führte sie der Weg zum Hause Thumins, vorbei an dem Zelt einer Seherin, die las die Zukunft in den Gestirnen und das Schicksal an den Linien der Hand.

Und gewandt zur Seherin sprach so Aiyool:

„Die Bestimmung und das Kommende siehst Du aus den Sternen, doch was nutzt es, die Vorhersehung zu kennen?

Denn, so sag mir, wer bist Du, dem solch Schicksal widerfährt? Dünkst Du Dich wandelnd hier in Leib und Fleisch, so bindet auch das hehrste Schicksal Dich.
Darum sieh auf das, was in Dir ist.

Ganz gleich, welcher Weg auf Erden Dir gezeichnet, bleibst Du gewahr nur Deines Quells und Wesens, so fesseln nicht Dich der Welt Kommen, Lauf und Werden, denn wo anders als im Nun jemals ist Dein Sein?"

Und Liomgur hörte die Worte und hatte er auch häufig frohe Zukunft sich erbeten und auf die Gunst des Schicksal er gehofft, so nun sah er, dass aller Wunsch Erfüllung im Moment schon ihm gewähret und reicher Frieden sein alleinig Wesen und Bestimmung war.

Und weiter zurück führte sie der Weg zum Hause Thumins, bis sie trafen auf zwei, die im Streite sich gegenseitig Lügner schalten.

Gewandt zu ihnen sprach so Aiyool:

„Ich höre und ich sehe und sage, dies, was ich höre und sehe, dies sei wahr. Und seht nur Ihr auch hin, so könnt auch Ihr es sehen und deswegen sei es wahr und wirklich.

Doch ein jeder sieht anders und schauen auch zwei auf dasselbe Ding, so sieht doch jeder es verschieden, wenn auch jeder meint, der andere sähe wie er.

Daher frage ich Euch: was ist Wahrheit?
Nur was ewig ist, kann wirklich sein.

Was jedoch Anfang hat und Ende, das ist nicht wahr, sondern flüchtig, unstet und ohne Bestand.

Unsere Sinne aber zeigen uns stets nur dies Flüchtige, darum nicht an ihnen ist es, uns Wahrhaftiges zu vermitteln.
Die Wirklichkeit daher muss auf anderem Wege uns sich erschließen."

Und Liomgur hörte die Worte, und sie machten, dass ihm auftat sich das Unvergängliche und er schaute das, was war von Wirklichkeit.

Und Liomgur fand nun auch sich verwandelt, wie verwandelt zuvor er gefunden hatte Aiyool auf der Kuppe, und ergeben er zu diesem sprach:

„Ich danke Dir, o Aiyool. Was Du mir aufgezeigt hast, befriedet mein Herz und verzückt meine Seele."

Doch für Aiyool war ohne Geltung dies und er wies von sich jeglichen Verdienst:

„Dein Dank ehrt mich, lieber Freund. Doch danke vor allem Dir selbst, dass Du meine Rede hast in Dich dringen lassen. Nichts neues aber habe ich gesagt zu Dir.
Denn nur weil Du es bereits in Dir trägst, findest Bedeutung Du in meinen Worten.
Und nur, weil auch Du den Hirten, den Einsiedler, den Fürsten, weil Du sie alle in Dir trägst, lässt in Dich Du meine Worte ein.

Ja, Liomgur, Du trägst sie alle in Dir, denn auch Du bist nicht verschieden, sondern bist eins mit Ihnen, bist eins mit allem, bist alles.

Und dankst Du mir, so danke allen – denn Sie sind Dir Spiegel und Gleichnis – nur durch sie kannst Du Dich erfahren, denn nur durch andere kannst Du Dich erleben als gebend und nehmend, liebend und hassend, gewährend und gebietend. Erst durch andere kannst Du sein und leben, als der, der Du bist."

Und Liomgur hörte die Worte und sie zeigten das Irdische als Spiegel ihm und er fand sich wieder in allem, wie auch er fand alles in sich, und wie er sah die Gnade darin, da befiel Staunen ihn und Dankbarkeit.

Und weiter zurück führte sie der Weg zum Hause Thumins, aber sie trafen auf niemanden mehr und so sprach nicht mehr Aiyool, sondern schwieg.

Und in Liomgur klangen nach Aiyools Worte und er zehrte von ihnen, doch nach einer Weile schließlich verklangen sie und mit ihnen verblasste auch die Klarheit, die zuvor Liomgur erfahren hatte und statt Verzückung ergriffen Zweifel nun sein Herz, so dass er sich wandte zu Aiyool und sprach:

„Schön waren Deine Worte und verlockend Deine Rede. Was Du sprachst, ich wünschte, dass es so sei, und wie ich bei Dir stehend Deine Worte hörte, so konnte ich sehen und glauben und wissen. Aber was, wenn Kummer nieder mich drückt und das Leid schwer mir auf der Seele lastet? Was, wenn allein und verschollen im Dunkel ich bin und mir die Welt verloren scheint?"

Darauf so erwiderte Aiyool:

„Sei ohne Sorge, denn was meine Worte Dir bedeuteten, das verrät alles Dir, wenn Du nur schaust.

Höre nur genau und Du wirst hören, dass nicht ich es war, der zu Dir sprach, wie auch nicht meine Worte es waren, die aus meinem Munde Du vernahmst.

Aber auch habe ich gesagt, was ich zu sagen hatte, nicht mehr an mir es nun, weiteres zu sprechen.

Lausche und Du wirst finden, jenes, was sprach durch mich, sprechen durch alles.

So höre Du immer, wie Du mich gehört hast, und es wird alles

Dir Rede und Zeugnis sein, denn nichts bleibt verborgen dem, der innigen Herzens schaut.

Und nun ist genug verkündet, lass es uns gut damit sein, denn schal und leer wird das Offenbare, wenn mit all zu viel Rede man es belegt."

Noch sprach Aiyool dies und dann hielt er an seine Schritte vor dem Hause Thumins, denn an ihrer Reise Ziel schon sie waren gelangt, und als der Vater ihn erblickte, da strahlte glücklich sein Gesicht:

„Zurück bist Du, mein Sohn, obschon Du niemals fort warst in unseren Herzen. Mit Freude sehe ich, dass nun bereit Du bist und gerne will ich geben Dir, was lange mir gegeben war, denn nun weiß ich es in treuen Hände, so wie Du nun um das Wunder weißt, denn Du hast es erfahren, das sehe ich, und auch aber sehe ich, dass der Reise Du bedurftest.

Umso mehr erfreut mich Deine freie Rückkehr, denn ohne Tiefe ist das Band unmündiger Gefolgschaft und ohne Gehalt der auferlegte Entschluss.

Doch komm erst herein, denn nicht länger wollen wir missen Dich in unserer Mitte.

Der Tisch ist gedeckt, das Feld wartet und eine Feier steht an.
Und Dein treuer Freund, auch er ist willkommen."

Und nicht mehr Pflicht noch Fron war Aiyool das Erbe, sondern Segen, Wohltat und Erfüllung barg es, und er ging ein in das Haus des Vaters, das warm erleuchtet war und Liomgur folgte ihm nach, und da dieser die Türe durchschritt, erhellte das Leuchten auch ihm alle Welt und lichter Glanz schimmerte friedvoll entgegen ihm aus sämtlichen Dingen.

mehr zum Buch im Internet unter:

www.die-rueckkehr.com

außerdem vom Autor erhältlich:

Herr Vincent sucht das Ich

168 Seiten, Taschenbuch,
ISBN 978-3-8370-2004-5

www.herrvincent.de